シンクレール

服部みき子歌集

六花書林

シンクレール ＊ 目次

I

Ⅱ

Ⅲ

カバー写真　著　者
装幀　真田幸治

シンクレール

ゴーヴィンダよ、世界は不完全ではない。完全さへのゆるやかな道をたどっているのでもない。いや、世界は瞬間瞬間に完全なのだ。

ヘルマン・ヘッセ「シッダールタ」

I

抱卵

ゆつくりと春近づきて東京の君の不在を包む夕焼け

三月の夜の散歩はほろ酔ひの地球の肩を借りつつゆかむ

生物が光る粒子をいつせいにふり撒きてもう目もあてられぬ

徒《いたづ》らに喪くしてしまふ心配をおまへもするか卵抱く鳩

感情は圧縮されて満員の朝の電車はゆるゆるすすむ

呼吸《いき》するがに「死ね」と言ふ子の悲しみがわが鳩尾に砂を降らせる

他人《ひと》の想ひ見えざりければ苦しみをみづから育て行く昨日今日

半分は春の空気を食べさせてシフォンケーキのおもはせぶりは

ベル止めて起きればすでに忘れたり覚めてはならぬ大事な理由《わけ》を

まっすぐな素脚伸ばしてかろやかに抱卵しない女たちゆく

人の手を尽くしてあはれふるへつつ朱鷺は生れ来ぬ　逆境の世に

クエスチョンマークのかたち　君だけのかなしみを抱くその寝姿は

瞑想に入りゆくやうに浴室へ入りゆくときにきざす空白

にんげんの裸は弱きもの　みづからの手をもて洗ふ泡もてあらふ

無花果

霧雨が短音階の旋律に歌ふ朝なりけふ半夏生

あたたかきものに飢ゑたるわたくしはミス多きそのひとに寄りゆく

「売春はなぜいけないの」「殺人は」その解答を生きてみなさい

淋しさを知りしにヒトはこの星に歌とダンスと病を生みき

何事も為さざる今日の終末に白き右脳に似る月に逢ふ

いま床をうごきはじめし空缶がわれに寄りくる思つたとほり

渇く喉うるほすまへに切花の水を換へゐし母を想へり

食器洗ふ背後ゆふいに聞こえたり「俺は立ち上がるぞ」といふこゑ

七転び八起きと七転八倒はＢＧＭに聴き分くるべし

みどり児の「あ」と指させるその先にわがうしなひしものはありなむ

充実の化身のごとき無花果の母なる味を身に納めけり

さざんくわづゆ

台風の過ぎてミントのごとき風吹く夜は人の恋しかりけり

ふた月に一度のみ会ふこの犬が嗅ぎ分けてゐるわれとふにほひ

はじめての秋を迎へし仔犬はも虫鳴く声におびえ吠えたり

ミュージシャンにもしもなれない時のため高校へ行くと決めし弟

テレビゲームに向かふおとうと饒舌な瞳は固き扉のむかう

祖母の棺に釘する石を手に取れば父の嗚咽はほとばしりけり

しみじみと雨降る夜のラジオよりさざんくわづゆとふこゑながれくる

この星の晩年を生きてゐるならばくるほしからむこの柊も

風神

人間のこころ揺るるを観るは誰《た》そ　射干の妖しき花弁に見入る

草も樹も虫も獣も花々も見らるるための姿ならねど

公園の池に架かれるこの橋が選ばれていま夕日の舞台

特急は迷ひ入りたる紋白蝶《もんしろ》を浮かべしままに夜を閉ぢたり

前触れもなくしてこの夜うすべにのわが冷蔵庫は呼吸を止めぬ

悠然と大欅あり風神の意思を受けとるアンテナなれば

借り来たる歌集『昏睡のパラダイス』ゆり起こしゆくまづ栞から

わがままに生き来てつひに零しける縁の数ほどけふのあさがほ

新宿の夜をいまごろ客待つや〈殴られ屋〉なる元ボクサーは

「ビール飲んで、思いきり泣く」といふ文字にちからこもりて母より届く

銀髪に染めたる乙女けんめいに自転車漕げりヤクルト積みて

言の葉

果物と木の実を食みて満ち足れりわれ鳥なりし記憶のやうに

旅しても何ほどもなしといふことを知るには旅をせよとや釈迦は

山肌の勾配はいま目のまへにやまあぢさゐの咲きけぶりつつ

あしひきの山のしづくにひと待てばせつなかりけむ大津皇子は

「会ひたし」を「見たし」と言ひし万葉の男女《めを》らの想ひ鮮やかに立つ

すこやかな言の葉に載り川の面《も》を万葉びとの恋はながるる

レモンスカッシュの中のストロー　落ち着かぬからだもてあましたる青年

いま君が言はうとすなるそのことが君の瞳を照らしてゐるよ

紅葉ほどの

駅長と立喰蕎麦の伯母さんが映画みたいに居る久留米駅

いま着きしホテルのベッドカバーより久留米の秋の陽は香りたつ

晴れわたる空のひと隅ため息に似たる雲あり　ここは火の国

ライナーのやうな西日に半袖の腕焼かれつつカメラを向ける

泣くわれを見てゐし母がしみじみと言へり「ほんとに大きな目だね」

わがために柿をもぐ父　「鳥たちにも残してあげて」といふ母のこゑ

兄さんを産んでと母にねだりしに十九《じふく》歳はなれて生れしおとうと

紅葉ほどの両手わが手に包みつつ洗へり　かの日のおとうとを恋ふ

永遠《とは》に会ふこと無からむと思はるるひとりは網を畳める時刻か

親しげな物言ひをするセールスマン　靴紐ほどけしままに帰しぬ

力士なる子を持つ母のゆふぐれを想ひてゐたり里芋剝きつつ

ウクレレ

ストールに触るるゆびさき嫌はれて師走はすでに半ばを過ぎつ

君が観しプロレスのビデオ返すとき夫婦なんだと思ひ出だせり

愛を説くその青年の隣には宝くじ売るサンタクロース

宮古島銘酒泡盛〈宮の華〉抱へ縄のやうなるからだで帰り来

付け過ぎのハンドクリーム君の手に塗りつけたればなまぬるきかな

こころざし高きピーターパンとゐてわが今生は退屈知らず

〈アフリカのイヴ〉が棲みたる十六万年前のアフリカ　はるかアフリカ

凝るからだほぐすやうなりウクレレのとぼけたかんじの音のひびきは

連結器

中央線の駅のなまへを乙女らは「ジョージ」「ブンジ」とぶつきらぼうなり

ゆらゆらの連結部分　乙女らの特等室はさざめきをりぬ

朧なる朝の意識の末端が踏みはづしゆく駅の階段

からうじて糸のおしりに摑まれる釦のかほのいぢらしきかな

ストローの蛇腹、電車の連結器、見えかくれせる春のひかがみ

車谷長吉の毒にゆるゆると巻かれゆくなり過去生《かこせ》の傷は

酔へばきみわれの足など見つけてはその小さきを言ふ繰りかへし

かつて夫と共に小さなイベントホールに勤務していた

バーボンは飲み尽くされてゐたりけり原田芳雄の去りし楽屋に

この雨に滲めるところひとつ無くあぢさゐの水彩絵手紙とどく

五歳には五歳の愛憎ありたるをありありと思ひ出づる六月

「夢で逢おうね」ささやきはいまゆらゆらと睡りのみぎは洗ふさざ波

かほ拭けばタオルは君の生きてゐるにほひたばねてわれを貫く

修行僧にあらずや象は草を食み泥水を汲みて森に存ふ

この夜も仕事を抱へ帰りくる君の机に置くラムネ菓子

あけびむらさき

けがれなきみづを隠してゐるゆゑに砂漠は美《は》しと王子の言へり

発熱のこどもに西瓜抱かせれば熱がとれると聞くはまことか

みづ打てばコンクリートは八月の陽光《ひかり》を抱く匂ひ立つまで

無意識は罪にあらずや逃げてゆくまひるのみづを追ふ赤とんぼ

笑顔もて対ふは徳を積むことと云ひしひとあり　日傘を畳む

てのひらのうへ静かにも刃を承けて落ちゆくときに豆腐は咲《ひら》く

かなしばり解かれて後のかぎりなき浮揚は楽しからだを脱ぎて

わが窓の夜のもなかに三日月は清き返事のごとく在りけり

貰ひたるあけびを提げて上野駅五番ホームに母を見送る

遠きよりみつめてゐるといふほどの想ひしづかなあけびむらさき

雪　沓

枝振りのよき大公孫樹ほろほろと散り初めにけり　男泣きかな

なめらかなシーツのごときワイシャツのひろき胸なりわがものならぬ

はつ春の神楽うるはし松明を浴びて少年きりりと舞ふよ

太陽に愛されし頃わが膝に捺されし痕を湯に透かし見つ

嗅覚をうしなはむときせつなさも忘るにあらずや　水仙に雪

翅濡るる蝶のくるしみ想ふなり今し悪寒は背をのぼり来て

笑ひ過ぎて死んでしまふよ窓ぎはに開きやまざる黄のチューリップ

ひとひらの羽毛が部屋を漂ひき実習船の沈みし朝を

「あなたいま捨てられそうだったんだよ」まひる覚めぎは神妙に言ふ

研ぐみづの冷たき朝のてのひらに米は鳴るなりつばらつばらと

雪沓をたのしむ足の向かう見ず走り出ださむばかりに行くも

銀の把手

テオの子を胸に抱けば涙して離さざりしと　ゴッホあなたは

黒猫がみどりの庭を去るところ描きしゴッホのさいごの春よ

そらまめの踵は軋むゆりかごのやうな鞘より取り出づるとき

石塀のまへにからだをなげだして儚くなりぬムラサキツユクサ

「生命は愛の方向に進化する」ケン・ウィルバーの理論うつくし

昨夜《きぞ》夢に砂糖黍の啜り方をしへくれたる少女は母か

しろがねの把手のごときいくつかの言葉残れりひと去りしのち

たとふれば池端礼子と名付けたきその佇まひ　かきつばた咲く

もうすぐジュッと音して海に着きさうな夕日あなたに見せたしと言ふ

長崎の夜が受話器にながれ来るここにゐるより近くきみ居て

渓流

やはらかき雨に呼ばれて糸杉の幹のはだへに生るる音楽

川岸にスイカ模様のマントルの王子の背なは見えかくれせり

渓流にあらがひながら眠るときさみしくないか岩魚の子らよ

くづれさうなサンドウィッチを食むひとの指はせつなきうごきをすなり

声に出だせば消えなむほどの夕星を指につたへて吊り橋のうへ

あしたの天気

認識のわづか手前にありたれば異臭にありきチーズのかをり

争ひをせずにゐられぬ遺伝子は世紀を越えぬ秋の蚊のごと

緋赤なる口ひらくとき実在のあらはとなりて象海豹《ざうあざらし》は

唯一の雄なる巨軀は異形なり象海豹のハーレムを統べ

素足にてたち入る真夜のキッチンにアイスキューヴの現るる音

わが肩に眠るあたまが急速に重くなるなり阿佐ヶ谷すぎて

みどりごの泣きはじめたる家の戸のいま開かれてこゑの溢るる

難民となるもかなはぬ貧しさと伝へしのちのあしたの天気

オーロラのごとく薫りはあらはれぬ金木犀の深き闇より

つぎつぎに洗濯物をくぐりては水還りゆく初秋の空へ

食卓に林檎の時間うごきゐむ人の不在を澄みゆきながら

口ほどに囓まむばかりの眼かなヴィヴィアン・リーに似たる子猫の

大吉を引き当てたれど「みせかけの自由に迷ふべからず」と謂ふ

君のシャツをヴェランダに干すそれだけを夢みたる日はたしかにありて

やや欠けし雪のかたちがてのひらに溶けゆくまでを視しはいつなる

妹の編んでくれたるてぶくろにみごと合ふ手をよろこびにけり

こゑ

夏目雅子の瞳のなかに潤みつつ昭和のつひのかがやきは見ゆ

熟れきらぬ林檎のやうなこゑのままふつりと去りし山口百恵

追想の沈黙ありてぼそぼそと過去を吐露する自動記帳機

電話など携帯せざる男《め》女《を》なりき果実のごとき孤独を抱いて

菜の花のひとむら車窓よぎりたり女声合唱団のごとしも

夢に遇ふ母は若くて袖なしのブラウス淡し合歓木の下

ゆたかなるこゝろの泉を秘めをらむモナ・リザはその胸の奥処《おくが》に

大いなる樫の木下を選びたる菫の花のむらさき濃ゆし

さくらはなびら池の面《おもて》を埋めつくし恋人たちのボート渋滞

ふるさとの庭の鈴蘭咲きたるとふ　今年も会へぬままのすずらん

風さやぐ山毛欅《ブナ》の若葉よ嬰児《みどりご》のわが見し朝はや母に抱かれて

ガーベラの無表情こそ妖しけれ一花のための茎の屹立

脊髄をきらめくみづの奔りたりマイケル・ナイマンのピアノはうねり

しっとりと夜は更けながら自動車の微か水おと曳きはじめたる

フェリーニの映像画面ふくらみぬ　巨き女のなげくシーンに

そのころを聴きたかりけむ満月へ記者会見をなししフェリーニ

喘ぎつつ蒼きひかりの滴して欠くるまぎはの月はpoison

買ひ物袋右手に提げて帰りくる夕べ地軸のかたむきのうへ

児童らの四、五人かたまり過ぎしのちひとときは小さき一人が行けり

負けかたの下手なるうちは半人前　公孫樹の下に公孫樹の子ども

ヒレアザミ

旅立ちのホームに並ぶなかほどに荷物をもたぬ青年ひとり

雲ひくく関東平野をながれくるみなもと蒼き山の脚みゆ

押し花にしたきやうなるヒレアザミひともと咲けり農家の庭に

ひろびろと視界ひらけてここよりは雲のうへなり尾根わたる風

睡りふかき火山のゆめのくるほしく熱き泉の湧き出でやまぬ

これ以上あまやかしてはいけないと思ふことありわれをも人をも

ふかしぎの掟あるごとここまでと決めてそれ以上問はぬひとたち

この夕べきみはいかなる淋しさをやりすごしゐむあるいは嬉々と

台風にかく魅入られて七月の日本列島やつれたりけり

わが肩のひとかたならぬ凝り方は「生き方を変へる」ほかはなきらし

「着きましたよ」眠れる肩に触れくれし乙女の微笑　虹のごとしも

風媒

二年後の見えぬ世にしていまわれは明日のパンを選びに選ぶ

玉葱の薄皮を剝くゆびさきの焦燥は脊髄を経てつま先へ

十三番ホーム正面大鏡ゆがみよごれてなにも映さず

闖入者われ赦されて進みゆく午前六時の鴉の街を

猫よりも大き鴉にまじまじまじと徹夜明けなるかほを視らるる

洋装の樋口一葉をおもふかなもみぢ葵に秋の風きて

風媒を遂げたるごときしづけさのけふの日和にふとんを干しぬ

懺悔するやすらかさなり豆を煮る火は最小にととのへられて

婦人科の待合室におののおののコートを抱く膝みつめ合ひ

ゆふぐれのあけびむらさき仄かなる通ひ婚とふ絆はありき

ひと愁ふる胸のおもさはかくばかりみづを蔵へる白菜を買ふ

アイロンを圧しあてられしワイシャツの匂ひくるほし雨の土曜日

振り上げて下ろす憤りの重からむ　胸ポケットにインクは滲み

高だかと跳ばむと在りし膝を抱き君は真冬の蛙となりぬ

時雨

初春の風のみなもと赤城嶺は雪あたらしく冴えわたるなり

若き声もつ母なれば会ふたびにまた遠くまで来しとおもへり

待ちきれず父を引っ張り走りだす犬よかっての弟のごと

いもうとは野に咲くナズナおとうとは三月の風　長女は時雨

玄関まで見送りにきて正座する子猫　そなたの名前はサビオラ

片品村花咲　友の移り住む雪のさとより賀状とどきぬ

庭すみに寄りそひながら水仙のひとむれは咲く今を選びて

ねこやなぎ　昨夜の雨はよろこびのしづくとなりぬ朝の陽のなか

II

萏

飛びたたむ気配　ましろき木蓮は朝のひかりと交感しつつ

神保町９番出口またしてもたどりつけぬは神秘のごとし

生きよどむをとこをみなの上空をゆめのごとくにはなびらながる

忘れたふりせよと言はれて帰り来ぬ慢性蕁麻疹二年目にして

うらわかき春のキャベツの純情に相向かはむと包丁を研ぐ

突きつめてつきつめてまた引き返すふきこぼれさうな鍋を見守り

ほがらかな歯形のこせるチリドッグさしだすTricksterあなたは

髪ふりみだすことも無かりき赤あかとわが三十代は暮れゆかむとす

前線司令部内にハイテクメディアセンター整へられて開戦を俟つ

電子文字の編み目をたぐり自死といふカルトに集ふ五人、六人

朝刊の見出しを拾ひかつは捨て思考留保の扉《と》を押しひらく

最速ですすむミシンの針の目にあらはれいづるわれの歪みは

縫ふ音は生に向かへる音なれば　まづは心をからつぽにせよ

下糸の凝りすさまじ停止せるミシンのうへの布のうらがは

芍薬の莟にひたと蔵はるる未生のひかりその密度はも

開きたきつぼみをひたと閉ざしゐる蜜の凝りへ指ふれにゆく

青を拒む

朦朧と茹であがりくる白玉の葉月のみづへ落ちては目醒む

水うねるターンの間にま蝶に似て足裏の白　はつかひらめく

いぢめつ子いぢめられつ子ぎくしやくと挨拶かはす二十五年後

葉桜のかげに上着を脱ぎ置きて駆けだす君を見てゐし放課後

凪ぎゆける同窓会の水際に残してきたるこころ　朝焼け

パチンコ屋の裏まで辿り着きたりし蟷螂なれど男《を》の子に見つかる

受け取るを見られてしまひつぎつぎにティッシュがわれに集まりてくる

遺伝子を破壊されても譲れない薔薇はきつぱり青を拒めり

俯瞰するたましひ澄みてみづからの死に場所を知る鳥やかなしも

まなうらの奥に広がる情景はサン＝テグジュペリ『人間の土地』

変調の濤《なみ》を呼びたりぬばたまの夜空を統べて中島みゆきは

康生の一本背負ひ　瞬間を原初のエロスかがやかせたり

ペンギンを見よおほぞらを諦めて氷のうへに王国を成す

雲行き

このたびはただごとならぬ雲行きになりなむとして九月末日

来客は仕入先にて応対のわが演技力問はれてゐたり

壁伝ひ机のかげに身を隠す必死の社長を視てしまひたる

あるときは可愛いひとと思ひたりわれを使ひこなせぬ社長を

古時計を生かしめてゐる一粒のダイアモンドの働きをせよ

煥乎堂

道きけば老婦は教へくれたりき「土屋文明さんはね……」

ひろびろと榛名の裾野見晴るかす土屋文明記念文学館

まつ白なワイシャツを着てすずやかに渡辺松男わがまへを過ぐ

百年を生きし歌人の生涯の起伏や　秋のやまなみ深し

青年たりし渡辺松男と制服のわれ行き違ひしや煥乎堂にて

ケセラセラ

モロゾフのプディングふたつ満々と鞄の底に湛へて歩む

大いなる紅葉《もみぢば》これはなつかしきオー・ヘンリーの蔦にあるらむ

ゆふぐれのまどろみは蜜　あつけなく西恋ヶ窪に着きたりバスは

去りがたきシートを離れ身めぐりに瑠璃むらさきを灯して降りぬ

夜の闇に臆面もなく匂ふひとあるいは花に足を止めたり

あなどられ易き微笑と思ひたり夕べの窓に映りしわれの

岩登りせむと覚ゆるたましひを画面に視つむ羨《とも》しみながら

町田康に笑ひころげるわが声をわが耳が聞く夜は長くて

ケセラセラ　母うたふなりなるやうになるべき歳になりたる娘《こ》らと

妹、母、われいちれつにすすみゆく等々力渓谷沿ひの細道

等々力は水とどろくの謂ひなるを妹がいふ渓をみおろし

急坂

離職票一枚ごとにしるしゆく合併の文字　その歪める筆致

一台のバスを待つため匿名の五人はここに集ひ来たりぬ

午後四時の風に芙蓉の揺れゐるは安堵のごとし　ビルのはざまに

急坂のここにもありと降りゆけば職業安定所《ハローワーク》は渋谷の底に

「お気をつけて」すずしき声の青年にはい、と応へてけふは退社す

カーボンにブラウスの袖よごしつつ法定調書五部を書き終ふ

捨つるとは杳き時間を負ふことや百日紅けふ散りはじめたり

インターフォンに社名を告げて通されし無菌室　否ここは法務局

ほのかにもカレーの匂ふ日のくれの室外機ファンに揺るるカタバミ

台風の真ん中に居てこの夜はマイケル・ナイマンの音量を増す

深海へ牽かるるごとく眠りたし足にピアノの錘を着けて

無法地帯

おとうとの投げたる卵1ダースそを黙々と拭きをりし母

青春といふ語ありけり「今日よりも明日は」と信じられたるころに

自転車でどこまでも行く母のため庭に干されし白き手袋

八月の夕雲しろしかくばかりあかるきものか刹那といふは

美人猫寝そべる門のまへあたり夜気はかすかな停滞を見す

暴力をときはなちしは何の神　九月の朝をゑんじゆ滴す

もの想ふ噴水にして真昼間は見てはならざるもののごとしも

密入国革命兵士、脱北者、不法移民、その念ひの靭さは

芸術劇場まへ広場なる無法地帯《アナーキー》　早やたつぷりと月は熟れつつ

つぎつぎに洗ひあげたる夏服を金木犀の夜風に晒す

モハマドといふ少年の左目の癒えて映らむその世界はや

さくら紅茶

お互ひを知らざる頃を想ひつつ佐野元春の夜を分かちあふ

世界中の〈律儀〉ではなく〈インチキ〉とたつたいま知るその鼻唄に

玉響の自由を謳へ抛りたる学生帽の落つるまでの間

悦びはゐんどうの鞘ひらくとき　指をこぼるるつぶら実四粒

雨かをる風たち来れば花車ぐらり押されて春となりけり

スコールの後の密林　浸しゐし水より上ぐるパセリは重し

ほんたうに泣きたきことは空に投げ手塚治虫の『火の鳥』に泣く

贈られしさくら紅茶の桜餅フレーバーはや雨後の夕焼け

海綿

つる薔薇を屋根まで這はすかの家の主人は知らず　けふも猫居て

花畑のやうになりたる市有地にネジバナひそと咲けるを見たり

現代の歌人を絨毯職人に喩へきかつて岡井隆は

最適な糸紡ぎては次の糸紡ぎ紡ぎて　永久《とは》のいとなみ

終点で睡りのピーク迎へしにいつになつても降車のできず

海綿のうへに目醒むる切手にも快楽《けらく》のごときくるしみあらむ

佐藤浩一演ずるところの芹沢鴨斬られ今年の折り返し点

地中よりとりわけ清きみづのみを集めてここに西瓜の奇蹟

斎場ゆ三々五々に帰りくる人らとわれと夕べ行きかふ

美少年山田かまちの瞳のなかを日がな泳ぎし鯉幟かな

エレキギターに感電をして青年は選ばれ逝きぬ真夏のそらへ

A6ゲート

はじめての待ち合はせにて夕刻の大宮駅におとうとを待つ

人波に溺れさうにもなりながら進むはサッカーのためのみならず

おとうとの声あかるみてゆくさきにＡ６ゲート見え来たりける

「につぽん」サポーターの波うねり蒼き夜風のわたりゆくなり

簡略な応へなされるまでの間の二十二歳の虚《うろ》に触れ得ず

願ひでも祈りでもなきひたすらの感情として傍へに佇てり

新幹線改札口におとうとを送り出だししのちの放心

埼京線上り電車に揺れながら深夜の眼みひらきてゐつ

くれなゐ

水槽に午後の薄日は差しながら見えざるほどの尾鰭きらめく

ノックしてみたき扉にな触れそ　扉は閉ぢてゐてこそ美し

駅までの銀杏大樹に集まれば夕陽の色は感きはまれり

たうとつに泣かれてわれは急流の杭のごとしも言葉をもたず

毛足ながき糸の編み目をいくたびも拾ひ落とせば肩冷えゐたり

風邪ウイルスに後頭部から背中まで丹念に愛撫さるるがごとし

起き出でて見おろす町のまぶしさよ大いなる窓を洗ふ青年

鴇色の薔薇《さうび》一輪混じりをり水仙と南天のみもとめしに

茎ふとき菠薐草のくれなゐの根のごときもの持ちたしわれは

あらたまの花火へつづく導火線　大つごもりのテレヴィは熱す

邂逅

はるのゆき戴く電車迎へては乙女のごとしこの朝の駅

煽るがに降る大粒の雪のなか　いままばたきをなさば泣かゆ

自が命よりも大事なひとり娘《ご》に疎まるるとふ君　羨しかり

きつかけのなきゆゑいまだのみこめず生烏賊を噛むごとき会話は

沈丁にふりつむ雪を邂逅の妙なるものと見て過ぎにけり

鷺沢萠この世去りしは去年の春　文庫『失恋』七刷を購ふ

数式の隘路　IF式、V-LOOKUP、ROUNDUP、を抜ければ驟雨

うたた寝のなかにも仕事してわれは目ざめて葱を刻みはじめつ

花大根咲き群れてをり人の手の決して届かぬ場所を選びて

鈴蘭を見たなら僕を思ひだしてと言ひし教師の思ふ壺われ

川岸に柳わか葉はゆれやまず　ふと「ローレライ」を口ずさみたり

瞬き

生活といふ縦糸はふるへたり十五年目の引越しを決め

期限切れ旅券の写真　恋のほかなにも信じてをらざりしわれ

駅まへに掘り当てられし温泉に男女《めを》集ひくる憂ひなきごと

―生活といふうすのろが居なければ―うかびきたれる歌詞の断片

永遠に解りあへざるかなしみの　闇を震はせ虫ら鳴き交ふ

自転車に麦酒ひと箱括り付け漕ぎいだすなり祈りのごとく

あかねさす日常茶飯へ還り来て鍋いっぱいの豚汁を煮る

天空ゆ見なば瞬きひとつほどの人のひと生《よ》のまんなかに居る

広瀬川

板硝子抱きゐるやうなこの朝の吐く息ごとに薄まる記憶

しなやかに反りゆくときの陶酔よ氷の園を統べたるひとの

無垢といふかがやきを着てマリリンが微笑みてをり父の書斎に

れんげ田を走り周れる牛なども見たりき三十五年のむかし

わがままを言はずなりける寂しさや帆船われは停滞しつつ

風やんでゆふべの月のあんず色ほたりほたりときさらぎ潤む

雪消水奔り滾れる広瀬川　こころ弱りはちかづくなかれ

朔太郎も歩みしならむこの岸を柳は西へ靡きやまずも

あざやかなみどりに剝かれ現るるアボカドといふ果実の魔性

ゆれやすき胸の天秤しづまればカデンツァのやうなけふの夕焼け

フレディのこゑすきとほるリフレイン“I want to ride a bicycle”

遊ぶごとく喧嘩せしとふ少年のきみを見たかり少女われとして

再《ま》たの生《よ》はをのこに生れむ　あらあらしき杉の木肌に掌を当つ

Ⅲ

光る多面体

はつなつの風に誘はれ自転車は多磨霊園にたどり着きたり

頬杖の太郎の墓碑は微笑んでゆつたりと〈かの子観音〉みあぐ

四たび目のエンドロールに泣くわれは『インヒアレント・ヴァイス』中毒

ホアキン・フェニックス　彼の瞳に平静を奪はれつくすアンビヴァレンツ

炊き上げしグリーンピース飯すきとほり湯気のむかうに夏がきてゐる

声あかるく母が電話に報せくる　カサブランカがななつ咲いたよ

かなしみとまごふばかりに七月の驟雨　思考停止は愉悦

水潦《にはたづみ》さはなる夕べゆるやかに歩まむ夏は光る多面体

アルミ箔延べたるごとき白昼を油蟬のこゑ湧き出でやまず

うれしくて鳴いてゐるのか苦しいとなくのか命つくして蟬は

午前九時　朝日に向かひ来るひとのまばゆき視野へいま入りゆかむ

岩　塩

白粉花《おしろい》は勢ひの精　東京の熱き地中に根を伸ばしつつ

検索のクリックごとにわたくしがデータに変はる光の速度

子供らはいづこに隠る　ゆく夏の陰より生るるヒグラシの声

生れ来たる意味を問ふため生れ来るや人といふ懲りない種族は

麦酒でしか癒やせぬ渇き抱くひといま帰り来て扉鈴《ドアベル》ならす

海底がヒマラヤ嶺となるまでの物証として薔薇色の塩

岩塩のふるさとは海　生命をはぐくむ意思の遥かなるかな

漂白液かつは木犀匂ひつつ凛と澄みゆくわが良夜なり

デジャビュ

明るめる東の空にとりどりの気球は夢の続きのやうに

太陽神〈ラー〉ふとぶとと君臨す土地の王たるホルスとともに

クフ王よ貴方は此処に眠れるや大ピラミッドの中心の闇
中腰にみな下りては上り行く得体の知れぬその胎内を
油断すれば駱駝の背なに乗せられつ夢の墓場のごときサハラは

ナイル河を滑りのぼれる船にゐて旅の心は時をたゆたふ

河岸に家畜も人も神殿も夕日に染まるデジャビュのごとく

河の面《も》をかすめては翔ぶ鳥たちの奇しき力よ　ナイルの日暮れ

神秘なる業《わざ》を授かりチュウサギはサハラゆ夏の日本へ渡ると

スフィンクス頭上に一羽チュウサギの前を向くその凜々しき姿は

ヒエログリフ文字にあまたの鳥ありてその無欠なる容姿に見入る

黎明の中州に凜と現るるイシス神殿に舟は近づく

マグダラのマリアも秘儀を学びしやイシス神殿　女神の学府

太古よりこの神殿に秘めらるるる母恋ふひとらの情《こころ》の熱よ

鳥のこゑ聞こえはじめし方角に朝日出で来るイシスに呼ばれ

やはらかき朝日を胸に満たしたり今しイシスの腕にやすらぎ

たうとつの発熱にして倒れ伏すイシスのもとより還り来し朝

少女らの手が泳ぐごと機を繰り美《は》しき図案を織りいだすなり

屋根のなき石の家屋のヴェランダに薔薇の模様の絨毯干され

停車するバスの窓より子どもらの眩しき笑みに手を振り応ふ

連　鎖

イスラエルの空渡る風やさしかれ遥かなる神々のふるさと（ゆりえ）

雨寡なき大地に育つ作物の活き活きとして味はひ濃ゆし

対岸は遥か　幾万の霊眠る地中海その波の激しさ

イスラエルの少女らの声甲高く祭りのごとき女子トイレなり

粘稠《ねんちゅう》なる死海の水にからつぽのわれを託して空とつながる

連日の四十度超え　旅先にも異常気象は付いてくるなり

オリーブの畑盛んに息づきて長閑《のどか》なり初夏のゴラン高原

救ひ主は生まれ落ちけりベツレヘムの冥《くら》き厩に光あふれて

キリストの真理は言の葉に散りて未だほどけぬ誤解の連鎖

争ひの終はりを祈るひとびとが嘆きの壁の穴を取りあふ

〈生命の樹〉を象れるペンダント購ひ聖地エルサレムを去る

運命を祖国に委ねユダヤびと心やすらかに〈キブツ〉に農《たがや》す

収穫祭暮るる地平はいちめんの麦の実りの黄金色《こがねいろ》なり

乙女らの素足キラキラ翻りフォークダンスの花輪はまはる

兵役が女子にも課せらるる国の民の記憶の苦さをおもふ

銃携へ闊歩せしかの乙女らもやがてダンスの輪に還るらむ

若者の自死率は日本が世界一

日本こそ危険な国とみなしたり神と武力に依るひとびとは

褐色の肌、黒き髪、黒き瞳《め》のユダヤびと日本の誰かにも似て

カバラカバラくはばらくはばら喪失の支族に成るや〈大和〉し麗し

建国後七十年の国を観て世界最古の国へ帰り来

デミアン

自転車で出かけて徒歩で帰りきて駐輪場へ走る春宵《しゅんせう》

ゆふやみにひそと囁く声ありて春よと薫る汝《な》は沈丁花

九十歳《きうじふ》でイサクを産みしサラといふ奇跡の母あり旧約聖書に

隣接の介護施設の窓灯りわが部屋明るむ深夜二時半

緩みゆく大気に問へば夜をこめて花たちの声聞こゆる心地す

デミアンと名付けられたる弟の愛犬逝きぬ渓の早瀬に

愛犬の死をめのまへに伝へくるその声を聞く　バスを降りつつ

なきがらを乗せて運転する君のわれの知らざる顔を想へり

その川のこゑはすべてを許し、笑ひ、シッダールタに語りかけたり

時間といふこの世の衣服脱ぎ去りて生れ直したりシッダールタは

うつくしき老いを湛ふるよこがほは口絵写真のヘルマン・ヘッセ

密語

ていねいな日本語話す外国人青年に宅配伝票託す

異国にて煩瑣きはまるコンビニのレジをこなして　すずしき瞳

圧倒的未知の虚空に結ばるるわれの視覚とこの流れ星

此処よりも数千倍も美しき場所への扉に過ぎざるや死は

梔子の薫るヴェランダゆふぐれて母と語れり星の時間を

憧れの歪みのはての絶望は破壊を恋ふる炎を生みぬ

揺るがざる殺意の火種携へて馴染みなき街を行く心はや

かくまでに壊るる心それすらも光に依りて在る星のうへ

青紫蘇と荏胡麻　この世は似て非なるものの違ひを味はふところ

息を吸ふたびに酸化はすすみつつ生きるすなはち死へ向かふ旅

ネパール人学校前ゆ密語《さざめき》の天衣無縫はバスに溢るる

虹

夏フェスへ並び向かへる弟のＴシャツの肩ぬらす霧雨

清春にＩＮＯＲＡＮ、ＳＵＧＩＺＯ、わが胸に新しき名を刻みつけたり

汝《な》は犬の妖精なりや名を呼べば目にも留まらぬ速さに来たる

疵ふかき眼をもてさらに見つめくる汝が魂の怪我に手を当つ

息終へし犬猫たちは飼ひ主を待てると聞けり虹のたもとに

玉川上水緑道

密会も密談もなき春たけてマスク越しにもジャスミン薫る

国境越えヒトが運びしウイルスの終ひの住処はアクリルの壁

ＥＣＭＯなる装置のために九名のスペシャリストがかかりきりとぞ

共感と理解と職務遂行と　『ペスト』に滲むカミュの祈り

ウイルスにヒトを害する意図なけれ　自然を弄びたるはヒトにて

雨滴まとふ硝子越しなる人物はただごとならぬ空気を孕み

一瞬の美は造詣のむかう岸　ソール・ライターのシャッターは触《ふ》る

いま死んでもいいいと叫んでゐるやうな　宮本浩次の唄は熱量

ありがたうを店員さんへ返しつつアクリル越しの視線うれしも

待つはよろこび　香りの坩堝そだてゆく蕾の数をかぞへなほして

いと小さき母の背中を想ひつつ手触るるやうに受話器を置きぬ

いにしへの玉川上水緑道にまよひこみたり時空の隙間

息を吸ひ息を吐くこの身体に還り来たりて風とつながる

いまふたたび訪ひ来たるデミアンに壊るるまへの今日を預ける

あとがき

ときおり、五、七、五、七、七の韻律とは何だろうと考えることがあります。〈短歌を作る〉という行為は、〈歌を詠む〉としか言いようのない状況におかれることでもあり、韻律が醸し出すその状況のなかで、受け入れがたい負の感情さえ浄化してしまうような、ふしぎな力が働くのを感じます。

振り返れば高校生の頃、初めての作品を高校生向け月刊誌に応募したところ運良く採用されたことが、私と短歌との出会いとなりました。俳句や自由詩でなく短歌を選んだ背景には、萬葉集を、和歌をこよなく愛した、祖父の存在が大きかったと思います。その祖父のドイツ文学への情熱もまた、母を通して私たちきょうだいに少なからぬ影響を与えました。

「短歌人」という結社に所属していた三十代半ばからの十年間に、高瀬一誌様、また三井ゆき様より選歌を賜りました。他にも結社内外の多くの方々からの学びの喜びと、模索と苦悩があり、いまなお私の心の支えとなっている出会いもありました。

その後さまざまな状況が重なり、創作を離れることになった八年間は、私にしてはかなり活動的な期間であった一方、もともと関心の深かったある分野への探究心が高まっていった時季でもありました。

そんななか四年ほど前から、母が私の誕生日に短歌をメールで送ってくれるようになったことがきっかけとなり、再びぽつぽつと作歌を始めることになりました。めまぐるしく移ろう情報化社会への違和感が増してゆく日々に在って、歌の言葉や韻律が放つ波動のようなもの、その大切さを見つめ直すことができたと思います。

歌集を作ることを決めたのは今年一月でしたが、それからひと月半ほどのち、〈感染症の蔓延〉という、予期せぬ時代の大きな変化が訪れ、しばらくは戸惑いの日々が続きました。それでも、リスクを負いながら普段どおりに働く人々の力強さに触れ、家族の温かい想いを受け止めるうちに、まずは前に進もう、という心境になんとかたどり着くことができました。

しかし入稿を終えた今、記録的な大雨による度重なる水害が、私たちの未来に更なる影を落としています。被害に遭われた方々のことを想いますと、今は言葉が見つかりません。このような未知の課題が次々に降りかかる、試される時代を生きてゆくことの意味を問いつつ、短歌の〈祈りの力〉が人の心を灯し続けることを希わずにいられません。

本歌集では構成の都合上、いくぶん入れ替えもしましたが、一九九九年から二〇〇九年までの十年間と、二〇一六年から今年二〇二〇年六月まで四年間の作品の中から四三一首を選び、おおよそ制作順に収録しました。前期の歌は、今となっては稚さが目立ち迷いもありましたが、自身の足跡として、思い出深いものを中心に残すこととといたしました。

タイトルは、憧れの作家ヘルマン・ヘッセの小説の主人公の名前からいただきました。今の世界の在りようを、彼ならどのように見て何を描いただろうと想像するとき、なぜか、温かく励まされるような感覚に包まれるのです。

初めて歌集を編むにあたり、六花書林の宇田川寛之様、鶴田伊津様より、きめ細かく温かいご指導を賜りました。「短歌人」のよき先輩であり、友人であるお二方の存在なくしては、歌集を作るという発想は生まれなかったと思います。

また装幀をお願いした真田幸治様におかれましては、私の素人写真を使っていただくうえでたいへんご苦労をおかけいたしました。

未熟な歌稿と写真から、一冊の歌集として丁寧に纏め上げてくださったお三方に、この場を借りて心より感謝申しあげます。

ありがとうございました。

二〇二〇年七月

服部みき子

シンクレール

2020年９月26日　初版発行

著　者――服部みき子
Ｅメール　wear.may@yahoo.ne.jp

発行者――宇田川寛之

発行所――六花書林
〒170-0005
東京都豊島区南大塚３－24－10－１Ａ
電 話 03-5949-6307
FAX 03-6912-7595

発売――開発社
〒103-0023
東京都中央区日本橋本町１－４－９　ミヤギ日本橋ビル８階
電 話 03-5205-0211
FAX 03-5205-2516

印刷――相良整版印刷

製本――武蔵製本

定価はカバーに表示してあります
ISBN978-4-910181-09-7 C0092